티니언 섬의 암호

교과 연계

사회 5학년 1학기 2단원 인권 존중과 정의로운 사회
사회 6학년 1학기 2단원 사회의 새로운 변화와 오늘날의 우리
국어 4학년 1학기 10단원 인물의 마음을 알아봐요
국어 6학년 2학기 8단원 작품으로 경험하기

즐거운 동화여행 199

티니언 섬의 암호

2025년 2월 25일   초판 1쇄

글 최귀순   그림 최달수
펴낸이 김숙분   디자인 김은혜   홍보 · 마케팅 최태수
펴낸 곳 (주)도서출판 가문비   출판등록 제 300−2005−60호
주소 (06732) 서울 서초구 서운로 19, 1711호(서초동, 서초월드오피스텔)
전화 02)587−4244~5팩스 02)587−4246   이메일 gamoonbee21@naver.com
홈페이지 www.gamoonbee.com   블로그 blog.naver.com/gamoonbee21 /
제조국 대한민국   사용 연령 8세 이상
주의 사항 종이에 베이거나 긁히지 않게 조심하세요.

ISBN 978−89−6902−776−4   73810

ⓒ 2024 최귀순

티니언 섬의 암호

최귀순 글   최달수 그림

가문비
어린이

차례

　몇 년 전 티니언 섬으로 여행을 떠났어요. 그런데 그 아름다운 섬에 아픔이 있었다는 것을 알았어요. 그래서 동화 '티니언 섬의 암호'를 쓰게 되었어요.

　우리가 살고 있는 이 나라, 현재 서 있는 이곳에도 숱한 사연이 역사가 되어 묻혀 있겠죠. 사연은 구전으로 전해지기도 하고, 때론 전설이 되기도 해요.

　흘러가는 시간을 돌아보며 생각해 보아요.

　500년쯤 뒤에는 내가 어떤 사람으로 비칠까요? 세상은 어떻게 변해 있을까요?

최귀순

1. 여행

날씨가 너무 좋다. 하늘엔 양털 같은 구름이 몽글몽글.

"준비 끝났지? 어서 출발하자."

아빠 차에 자전거 3대를 싣고 '두 바퀴로 가는 세상' 동우회 모임 장소로 갔다. 빨강 파랑 검정 유니폼을 다양하게 입은 회원들과 반갑게 인사를 나누었다.

우리 가족은 몇 개월 전부터 '두 바퀴로 가는 세상' 동우회 회원들과 자전거를 타기 시작했다. 토요일마다 코스를 정해 놓고 달리는데, 동우회 사람들은 나를 보면 최고라는 뜻으로 엄지손가락을 번쩍 치켜세운다.

자전거 타기를 마치고 엄마 아빠와 함께 강이 보이는 야외카페에

갔다.

"이번 우리 딸 생일에 여행갈까 하는데, 어때?"

"무조건 오케이지, 뭘 물어본담? 어디로 갈 건데?"

"사이판에서 가까운 티니언 섬. 엄마 친구가 거기서 살잖아. 섬이 조용하고 얼마나 멋진데."

엄마 친구는 오래전에 스킨 스쿠버를 하는 남편을 따라 티니언 섬으로 이민 갔다. 야호! 해외여행은 처음이다.

"우리 별아. 이제 4학년이니, 비행기 타는 거 안 무섭지?"

아빠가 내 등을 토닥이며 말했다. 작년에도 비행기 타고 제주도에 갔다 왔는데, 무서울 리 있나.

새로운 것에 대한 기대감이 기분을 들뜨게 했다.

여행 이야기가 나온 지 며칠이 지났는데도 조용했다.

"엄마! 우리 여행 가는 거 맞아?"

퇴근하고 들어오는 엄마를 보자마자 그렇게 물었다.

"내가 거짓말하는 거 봤어? 토요일에 사진 찍고, 여권 만들어야지."

엄마도 참, 미리 말해 주면 좀 좋아? 아무튼 여행을 가긴 가나 보다.

엄마가 옷을 갈아입고 손을 씻으러 화장실에 들어갔다. 나는 따라가서 머리를 들이밀며 물었다.

"엄마, 선생님께 학교장 승인확인증도 받아야 하는데?"

"엄마가 곧 서류 준비할게. 넌 가서 공부나 해."

으이그, 또 공부 타령. 휙 내 방으로 가서 침대에 벌러덩 누웠다. 휴대폰으로 티니언 섬에 대해 또 검색했다. 이러다 그곳 지명도 다 외우겠다.

미국 자치령인 북마리아나 제도에 포함된 조용한 섬이다. 티니언은 세계 2차 대전을 치른 곳이다. 일본이 세계 전쟁을 시작하면서 한국 사람들을 전쟁의 도구로 이용했다. 돈을 벌게 해 준다며 사이판에서 멀리 떨어진 티니언으로 끌고 갔다. 그곳에서 노동을 착취하고 전쟁에 이용했다. 산호세 마을 북부에 한국인 위령비가 있다.

내용을 읽으니, 화가 나서 나도 모르게 두 주먹이 불끈 쥐어졌다. 티니언 섬에 그토록 아픈 사연이 숨어 있다니! 전쟁은 절대로 일어나서는 안 된다. 전쟁터였던 티니언 섬이 지금은 어떤 모습일지 궁금하다.

그런데 엄마는 그런 역사에 대해서는 한 마디도 말해 주지 않았다. 몰라서 그랬을까? 그냥 외면한 건지도 모른다.

2. 출발

"별아, '한글기초공부' 넣는 거 잊지 마. 그리고 좋아하는 동화책도 몇 권 챙겨."

여행 가방에 옷을 넣는데, 엄마가 다가와서 말했다. '한글기초공부'는 한국어가 서툰 엄마 친구의 둘째 딸 지연 언니에게 줄 책이다.

엄마 친구를 뭐라 부를지 고민할 사이도 없이, 이모라 부르라고 영상 통화할 때 말했다. 엄마 친구는 참 시원시원하게 말한다.

난 이모가 없는데, 잘됐다고 생각했다. 우리 반 이경이가 외국에 친척이 있다고 할 때마다 부러웠는데….

이모에게는 딸이 둘 있다. 수연은 나보다 두 살 위고. 지연은 한 살 위다. 그래서 둘 다 나에게는 언니다. 수연은 한국에서 살다 갔지만,

지연은 티니언 섬에서 태어났다. 그래서
지연은 한국말이 서툴다고 한다.
  엄마는 이모와 동갑인데도 친자매처럼
가깝다. 이모에게 준다고 이것저것 장을
보아 왔다. 엄마는 티니언에 두 번 다녀
왔다면서 그곳을 마치 자기 고향처럼 자
랑했다.

사이판으로 출발하는 비행기를 타려고 자정에 집을 나섰다.

인천공항에서 출국 검사를 마치고 비행기를 탔다. 지난밤에 못 자서 그런지, 어느새 잠이 들었다.

네 시간 조금 넘어서 사이판에 도착했다. 티니언 이모가 부탁한 물건이 많아서 짐이 많았다. 엄마와 아빠는 이름표 달린 가방을 챙기느라 바빴다. 출입국심사를 하고 수화물 찾기까지 시간이 오래 걸렸다.

사이판에서 경비행기를 타고 티니언으로 들어갈 때는 정말 무서웠다. 이런 작은 비행기가 있다니! 곧 떨어질 것만 같았다. 창문이 바람에 파닥거렸고, 비행기 날개도 떨리는 것 같았다. 나는 달달 떨려서 손에서 땀이 났다. 엄마 손을 꽉 잡았다.

창문으로 내다봤는데 바다가 하늘 같고, 하늘이 바다 같았다. 우리가 탄 비행기는 붓으로 콕 찍어 놓은 점 같을 것이다.

갑자기 뒤뚱하더니, 경비행기가 착륙했다. 10분도 안 걸린 것 같다.

섬인데도 활주로가 길었다. 우리를 마중 나온 이모 가족이 트럭 옆에 서 있었다. 설마, 저걸 탄다고? 첫인사도 하기 전에 눈이 계속 트럭으로 갔다. 다 낡아서 뻘겋게 녹이 슬고 찌그러졌다.

이모 얼굴이 영상에서 본 것과 조금 달라 보였다. 한국 사람인데 황인종 같지 않고, 피부색이 검었다. 나이도 엄마보다 많아 보였다. 나는 엄마 귀에 대고 작은 소리로 물었다.

"엄마, 이모 식구 모두 한국 사람 같지 않아, 피부가 왜 저렇게 까매?"

엄마가 작은 소리로 말했다.

"햇빛을 많이 받아서 그래. 여기는 여름이 길어. 어서 인사부터 해야지."

그때, 이모가 다가왔다.

"김별아! 많이 컸네. 기어다닐 때 보고 처음이네. 여전히 예쁘다. 우리 애들이랑 있으니까 완전 백인인데?"

이모는 나를 안으며 반가워했다. 비릿한 냄새가 났다.

언니들이 나를 보고 헤벌쭉 웃었다. 꼭 만화에 나오는 아이들 같았다. 스킨 스쿠버 하는 이모 남편은 검은 안경을 쓰고 있었다. 갈색 얼굴에 수염을 기르고, 머리는 염색했는지 노란색이다. 이모가 삼촌이라고 부르라고 했다.

"별아, 안녕! 난 수연, 애는 동생 지연이야."

"수연 언니, 지연 언니. 만나서 반가워."

한국말로 인사를 나누니, 기분이 좋아졌다. 아빠와 악수하고 나서 삼촌이 말했다.

"자, 이제 밥 먹으러 가요. 모두 트럭에 타세요!"

삼촌이 트럭 문을 열자. 아빠 엄마는 자연스럽게 올라탔다. 멍하니 서 있으니, 이모가 나를 덜렁 안아서 트럭에 태웠다. 이어서 언니들이 타고, 마지막으로 이모가 웃으면서 탔다.

"하하하! 별아는 트럭을 처음 타 보지? 재미있단다. 자, 출발!"

이모가 손바닥으로 탁탁 치자, 트럭이 서서히 움직였다. 태어나서 트럭을 처음 타 본다. 도로가 포장이 안 되어서, 뿌연 흙먼지가 따라오다. 트럭 의자가 딱딱해서 덜컹거릴 때마다 엉덩이가 아팠다.

인상을 쓰며 손잡이를 꽉 잡았다. 언니들이 나를 보고 깔깔 웃었다. 나도 따라서 웃었다.

푸른 하늘에 뜬 뭉게구름, 끝이 보이지 않는 들판, 파란 바닷물, 아주 다른 세상으로 달려가는 것 같았다.

그때 초원에 어울리지 않게, 검은색 굴 같은 게 눈에 들어왔다.

"언니, 저건 뭐야?"

"아, 옛날에 전쟁 났을 때 사용했던 벙커야."

지연 언니가 손가락으로 가리키며 말했다. 인터넷으로 보았던 전쟁의 흔적이 분명했다. 야자수와 푸른 초원에 어울리

지 않아 보였다.

이모 집에 도착했다. 보통 바다가 보이는 도시에는 높은 건물이 한둘은 있는데, 주변에 집이 달랑 두 채밖에 보이지 않았다.

이곳에는 대중교통 수단이 없다고 한다. 불편할 것 같지만, 트럭이나 자전거를 타고, 조금만 나가면 시장이 있다고 한다.

마치 과거로 여행 온 것 같은 느낌이 들었다. 왠지 재미있는 일이 생길 것 같다.

"바다에 가자. 모두 준비하고 트럭으로 와."

삼촌이 말하자, 누워 있던 아빠가 벌떡 일어났다. 나도 얼른 수영복과 수경을 준비했다.

언니들이랑 트럭 뒤쪽에 탔다. 엄마와 이모는 트럭이 덜컹거리는데도 쉴 새 없이 수다를 늘어놓았다. 깔깔깔 호호호.

어느새 야자수가 줄 서 있는 바닷가에 도착했다. 와! 옥색 바다.

"별아, 내 손 잡아. '하나, 둘, 셋!' 하면 물속에 얼굴을 넣는 거야. 눈은 감지 말고."

언니 손을 잡고 '꺅! 꺅!' 연신 소리 지르며 물속으로 들어갔다. 빨강 노랑 파랑 얼룩이 등 세상에서 제일 예쁜 물고기는 여기에 다 있는 것 같았다.

"어우, 니모(흰동가리) 좀 봐! 얼룩말처럼 검은 줄이 있어. 언니, 예쁜 물고기는 다 여기 모여 사나 봐!"

물고기가 내 다리 사이도 줄지어 지나갔다. 산호초도 펼쳐져 있었다. 닿지도 않았는데 다리가 간질거렸다.

출렁거리는 물결이 햇빛을 받아 반짝거렸다. 정말로 신비로웠다. 갑자기 수연 언니가 내 손을 잡더니 쑤욱 물 위로 헤엄쳐 올라갔다.

"얘들아, 그만 가자!"

삼촌이 우리를 불렀다. 벌써 간다고? 지연 언니는 벌써 물에서 나와 저만치서 내게 손짓한다. 저녁노을이 물들고 있어서 얼굴이 모두 붉다. 이렇게 아름다운 노을은 처음 본다.

주위를 둘러보았다. 번지지 않는 물감으로 색칠해 놓은 것 같다. 집에 가서 씻기로 하고, 대충 발에서 모래만 털어냈다.

그때 저 멀리 깎아놓은 것 같은 절벽에서 반짝! 하고 불빛이 보였다. 앞에 가고 있는 수연 언니에게 큰 소리 물었다.

"수연 언니! 절벽 바위틈에서 반짝거리는 빛이 보이지 않았어?"

수연 언니가 돌아서서 가까이 오더니 말했다.

"저건 자살 절벽이라고 하는데, 유령이 산다는 소문이 있어. 가끔 울 부짖는 소리도 들린대. 거긴 아무도 안 가. 빨리 와!"

언니가 자기 말만 하고 트럭으로 뛰어갔다.

"언니, 있잖아…."

좀 더 자세히 물어보려는데, 엄마가 빨리 오라고 손짓했다. 나도 뛰었다.

집에 도착하자, 삼촌이 집에 만들어 놓은 간이샤워장에서 언니들이랑 같이 몸을 씻었다. 그런데 내 수경이 보이지 않았다. 분명히 들고 있었는데….

아차, 아까 모랫바닥에 내려놓은 것이 생각났다. 얼른 나와 옷을 주섬주섬 입고 삼촌에게 가서 말했다.

"삼촌! 수경을 바닷가에 놓고 왔어요. 자전거 좀 빌려주세요. 가서 찾아올게요."

아직 날이 어두워지지 않았고, 언니들이 학교 갈 때 타는 자전거가 두 대나 있었다.

"어딘지 알겠어?"

"알 것 같아요. 아까 오던 길로 가면 되잖아요. 꼬불꼬불한 길도 없고 언덕도 없으니까, 금방 갔다 올게요."

엄마 아빠는 저녁 준비로 바빴다. 저녁엔 고기를 구워 먹는다고 했다. 눈치채지 못하게 얼른 다녀오기로 했다. 정말 신나는 길이다. 마음먹은 대로 달려도 된다. 가끔 소나 개가 걸어 다닌다고는 했지만, 난 아직 못 봤다. 길에는 사람들도 보이지 않았다.

자전거를 타고 가며 생각해 보니, 여기 와서 삼촌 친구라는 차모로 원주민과 그 부인 외엔 사람을 못 본 것 같다. 정말 조용한 곳이다.

자전거를 코코넛 나무 아래 세워두고 바닷가로 뛰어갔다. 아까 놀던 곳이 분명한데, 아무리 찾아도 보이지 않았다. 돌아가야지 생각하고 어슬렁어슬렁 자전거를 세워둔 곳으로 가는데, 예닐곱 살 되어 보이는 아이가 수경을 만지작거리며 앉아 있는 게 보였다.

가까이 가니, 수경 줄에 써 놓은 '별'이란 글자가 선명하게 눈에 들어
왔다.

　"그 수경 내 거 같은데, 한번 보여 줄래?"

　아이가 얼른 수경을 내게 내밀었다. 몸이 마르고 얼굴도 창백해 보
였다.

　"그래. 이거 내 거야. 그런데 어디 사니?"

　아이가 말없이 고개를 저었다. 분명 동양인 얼굴이다. 아니. 한국 사람
같았다. 여행 온 건가? 그렇다면 부모는 어디에 가고 애만 혼자 있지?

"이름이 뭐야? 왜 혼자야?"

여전히 대답이 없다.

"나는 '별아'라고 해. 여기 사시는 이모 집에 놀러 왔어. 며칠 있다 갈
거데 나중에 또 만날 수 있으면 좋겠다. 그런데, 혼자 집에 찾아갈
수 있어?"

"바다."

"뭐, 바다? 네 이름이 바다라고?"

아이는 대답 대신 고개를 끄덕였다. 아이를 집에 데려다주고 싶었지만, 여긴 외국이다. 사실은 아는 것도 없다. 그리고 엄마 아빠는 내가 안 보이면 엄청나게 걱정할 텐데…. 혼자 돌아다녔다며, 당장 한국으로 돌아가자고 화를 낼지도 모른다.

"너, 길 잃은 것 아니지? 혼자 집에 찾아갈 수 있지? 아니면, 나랑 우리 이모 집으로 갈까?"

이모는 이 지역에서 오래 살았으니까 누구 집 아이인지 알지도 모른다. 나는 자전거를 끌고 와서 타라는 시늉을 했다. 아이가 말없이 돌아섰다.

얼마나 빠른지 벌써 저만치 가고 있었다. 나는 잠시 멍하니 바라보다가 돌아섰다. 가다가 돌아보니, 아이는 더 이상 보이지 않았다.

삼촌은 내가 걱정되었는지 마중 나와 있었다. 나를 보자, 반갑게 웃으며 말했다.

"수경을 찾아서 다행이긴 한데, 본래 여기는 누가 가져가는 일이 없어. 수경 같은 건 필요하지 않거든. 여기 아이들은 그냥 물에 들어가서 잘 놀아."

"네, 그런가 봐요."

아이를 만난 이야기는 하지 않았다. 아이와 나는 말이 없어 설명할 수도 없었다.

지연 언니처럼 우리말이 서툴러서 아이가 말하지 않았는지 모른다. 그런데 아이가 입었던 옷이 자꾸 마음에 걸린다. 옷이 왜 그렇게 낡았을까? 반바지에 구멍이 숭숭 나서 속살이 보였다. 셔츠도 빛이 다 바랬다.

3. 너를 만나고

늦잠을 잤다. 밥 먹으라는데, 일어나기 싫었다. 피곤했다. 오늘은 이
웃 사람들과 파티한단다.

아침부터 음식 준비를 하느라 집안이 어수선했다. 엄마와 언니들도
이모를 돕고, 차모로 아줌마 한 분도 와서 거들었다. 삼촌은 일정에 따
라 관광객을 만나러 나갔다.

"별아, 아빠랑 바다에 갈까?"

"오케이! 자전거 타고 가는 거야?"

"그래. 햇살이 뜨거우니 썬 크림 바르고, 챙이 넓은 모자 쓰고 나와."

푸른 바다를 옆에 끼고 아빠랑 신나게 달렸다. 바람이 시원해서 상
쾌했다.

"아빠, 우리나라에도 이런 곳이 있으면 좋겠다. 그러면 '두 바퀴로 가는 세상' 사람들이 얼마나 좋아하겠어. 한국 가면 자랑해야지."

자전거를 야자수 아래 나란히 세워 두고 반바지 입은 그대로 바다로 걸어 들어갔다. 햇살이 뜨겁긴 해도 무덥지는 않다. 수경을 쓰고 물속에 머리를 집어넣은 채 산호를 구경했다. 예쁜 물고기가 지나가면 연신 꺅, 꺅 소리를 질러댔다.

좀 더 깊은 곳으로 들어가서 물고기처럼 헤엄쳐 다녔다. 인어공주가 살 것 같은 바다. 새로운 체험에 가슴이 두근거렸다.

"아빠, 배고프다. 뭐 가져온 거 없어?"

물에서 나오니, 배가 고팠다. 언제 준비했는지 아빠가 자전거 앞에 달린 바구니에서 빵과 음료수를 주섬주섬 꺼내 놓았다. 배가 고프니까 단 것을 좋아하지 않는데도 잘 먹었다. 배가 부르니, 솔솔 잠이 왔다.

아빠가 야자수 아래에 돗자리를 폈다. 둘이 벌러덩 누웠다. 하늘에 뿌려진 새털구름이 멋지다. 우리나라 가을 하늘처럼 푸르렀다. 문득 외할머니와 외할아버지, 친구들 얼굴이 떠올랐다.

"드르렁, 드르렁~."

아빠가 어느새 코를 골았다. 문득 어제 만났던 아이가 생각났다. 그런데 거짓말처럼 그 아이가 저만치서 나를 보고 있는 게 아닌가.

벌떡 일어서서 그 아이에게 걸어갔다. 뜨거운 햇빛을 가리려고 그러

는지 머리에 보자기 같은 것을 쓰고 있다. 나는 모자를 벗어서 내밀었다.

"안녕. 바다야. 이 모자 너 가져. 나는 집에 또 있어."

아이가 싱긋 웃으면서 모자를 받았다.

"나 보러 왔니? 나도 너 생각했는데. 다시 만나서 반가워."

아이는 모자를 쓰더니 앞장서서 걸었다.

"어디 가는 거야?"

아이가 뒤를 힐끗 돌아보며 히죽 웃었다. 따라오라는 것 같았다.

걸어가던 아이가 억센 풀과 나무가 아무렇게 서 있는 어수선한 숲 앞에서 멈췄다.

"여기."

"여기?"

아이는 손가락으로 숲을 가리키더니 안으로 들어갔다. 나는 말없이 그 뒤를 따랐다. 아이가 커다란 나무 앞에 서더니 허리를 굽혀서 무언가를 땅에서 훅 잡아당겼다.

그것이 문이라는 것을 알았을 땐 벌써 안으로 들어와 있었다. 흙 계단을 한참 동안 내려가자, 길이 나왔다. 조금 더 가니 여러 개의 굴이 나타났다.

아이가 살림 도구가 있는 곳으로 나를 데리고 갔다. 사람은 보이지 않았다. 겁은 조금 났지만, 호기심이 일었다.

"여긴 어디야? 여기서 살아?"

아이가 고개를 끄덕였다.

"여기서 산다고? 그럼, 엄마 아빠는 어디 있어?"

아이가 내 손을 잡아끌었다. 잘못하면 돌아가는 길을 잃을 것 같아 슬그머니 겁이 났다. 가슴이 두근거리고 긴장됐다.

걷던 아이가 잠깐 발을 멈추더니, 손가락으로 먼 곳을 가리켰다. 사람들이 절을 하는지 한 방향으로 굽실거리는 모습이 희끗희끗 보였다.

"뭐 하는 거지?"

"제사."

"너는 왜 안 갔어? 엄마 아빠, 한국 사람이야?"

"…."

"그런데, 왜 이런 곳에서 살아? 땅굴 속에서 말이야."

내가 계속 질문하자. 언짢은지 얼굴을 찡그리며 휙 돌아섰다.

"미안해. 궁금해서 그랬어."

내가 사과하자, 아이가 내 손을 잡았다. 움찔했지만, 오히려 긴장은 풀렸다. 살림도구가 있던 곳으로 다시 왔다. 여러 갈래로 되어 있는 땅굴을 어떻게 찾아다니는지 신기했다.

아이는 오래된 나무상자 안에서 낡은 그림첩을 꺼냈다. 한 장 넘기니, 흑백사진이 나왔다. 수수밭에서 한 남자가 웃고 있었다.

    다음 장에는 여러 사람이 함께 찍은 사진이 몇 장 있었는데, 가족인
지 어른도 있고 아이도 있었다. 사진이 모두 너무 오래되어 누런색이
되었다.

더 넘기자, 차곡차곡 접어놓은 누런 헝겊이 나왔다. 내가 만지려고 하자, 아이가 얼른 그림첩을 덮었다.

"노오! 아빠 보물. 조선, 아리랑, 태극기."

"뭐? 조선, 아리랑? 조선 아니고, 대한민국이야. 조선을 알다니, 재미있다. 바다라는 것도 한국 이름이지? 아리랑도 알고. 하하하!"

아이가 갑자기 조용히 하라는 듯 손가락을 입에 대었다. 나는 웃음을 꾹 눌렀다. 순간 아빠가 찾겠다는 생각이 들었다. 나는 마음이 급해졌다.

"바다야. 나, 가야 해. 또 놀러 와도 돼?"

"…"

"어떻게 만나?"

"나, 너에게 갈게."

"네가 온다고? 아니야. 내가 자전거 타고 놀러 오면 되지. 그게 쉽지 않겠어? 우리 둘만 아는 암호를 만들까? 어때?"

아이는 무슨 말이냐는 듯 빤히 쳐다봤다.

"암호는 둘만의 비밀 같은 거야. 그래서 너하고 나만 통하는 거."

아이는 피식 웃으며 고개를 끄덕거렸다. 머릿속에 한 생각이 떠올랐다.

"그럼, 밖에서 땅굴 문을 세 번 쿵쿵쿵 두드리면 네가 '암호?'라고 묻는 거야. 그러면 내가 '아리랑!' 하고 대답할게. 그다음에 문을 열어주면 되지."

"응."

"한번 해 보자."

나는 세 번 쿵쿵쿵 땅을 두드렸다.

"…"

"야! '암호?'라고 해야지, 그래야 내가 '아리랑!' 하고 대답하지."

"응."

아이가 씩 웃으며 고개를 끄덕였다. 두 번 더 연습했다. 새끼손가락도 걸었다.

　아이가 땅굴 문
을 열며 어서 가
라고 손짓했다.
　나는 부지런히 뛰었
다. 아빠가 일어나서 두리번거
리고 있었다.
　"아빠! 미안해, 똥이 마려워서 화장실 찾다가 늦었어."

"아무리 급해도 아빠를 깨웠어야지. 혼자 그렇게 멀리 가면 안 되지. 깜짝 놀랐잖아. 허허, 사실은 금방 일어났어. 그래도 다음엔 그러지 마라."

"다음엔 꼭 말하고 갈게."

아이를 만난 이야기는 하지 않았다. 둘만의 비밀로 하자고 약속했기 때문이다.

이모 집에 돌아왔을 땐 이미 상차림이 끝났다. 그리고 어디서 나타나는지 사람이 하나둘씩 모여들었다. 어림잡아 아이까지 20명 정도는 되는 것 같았다. 피부색이 다른데도 마치 친척처럼 서로 웃으면서 인사했다.

삼촌이 통역을 해 주었다. 모두 음식을 나누며 노래도 하고 춤도 추었다. 자주 파티했던 것 같았다. 수연 언니와 지연 언니 친구도 몇 명 있었다. 모두 즐거워했다. 지연 언니는 한국말보다 영어가 더 익숙했다. 그래서인지 영어로 된 노래를 불렀다. 노래가 끝나자, 나를 지목했다. 갑자기 노래하라니 아무것도 생각나지 않았다. 미리 말이라도 해 주지….

엄마를 찾았다. 엄마가 멀리서 뭐라고 하는데, 들리지 않았다.

크게 벌린 입이 '아' 같은데, 그렇게 시작되는 노래가 뭐지? 얼떨결에 아리랑이 생각났다. 외국에 가면 모두 애국자가 된다고 아빠가 그러더니, 나도?

"아리랑~ 아리랑~ 아라리요~. 아리랑 고개를 넘어간다~."

자주 부르는 노래가 아니어서 그런지 어색했다. 시작했으니 어쨌든 끝까지 불러야 한다. 창피했다. 노래 부르면서 사람들 표정을 살폈다. 모두 웃을 줄 알았다.

그런데 어떤 할머니가 눈물을 흘리며 따라 불렀다. 깜짝 놀라서 노래를 멈추었다. 그러자 삼촌이 이어서 불렀다. 나는 삼촌을 따라 같이 불렀다.

엄마도 눈물을 글썽이며 따라 부른다. 뜻밖이다. 어른들의 마음을 알 수 없었다.

노래가 끝나자, 박수가 오래도록 이어졌다.

그리고 춤을 추며 방탄소년단의 '다이너마이트'를 불렀다. 언니들도 같이 춤을 추었다.

파티는 저녁노을이 짙어질 즈음에야 끝이 났다. 다 같이 뒷정리를 하고 집으로 돌아갔다.

아빠와 삼촌은 이미 방으로 들어가서 잠들었다. 언니들도 잘 준비를 했다. 나는 엄마 옆으로 가서 누웠다.

"언니들이랑 자지, 왜? 오늘은 엄마하고 자고 싶어?"

"응, 엄마."

엄마를 꼭 껴안았다.

"엄마. 물어볼 게 있는데, 아까 내가 아리랑을 불렀잖아? 난 사람들이 웃을 줄 알았거든. 웬 애늙은이냐고 놀릴 줄 알았어. 그런데 의외였어."

"오히려 감동이지. 우리 별아가 고국 떠나와서 사는 사람들에게 그리움을 안겨 준 거지. 그런데 어떻게 아리랑 부를 생각을 했어?"

"엄마가 '아'라고 했잖아. 아리랑 말고는 생각나는 게 없더라고."

"호호호. '아빠하고 나하고'를 부르라고 한 건데."

"그거였어? 호호호, 정말 몰랐네."

"우리 별아, 언제 아리랑을 배웠어?"

"학교에서 배웠지. 선생님께서 한국 사람이면 아리랑을 꼭 알아야 한다고 그러시던데?"

"맞는 말씀이야."

"엄마, 눈물을 흘리며 아리랑 부르셨던 할머니 생각나? 동양인 같으시던데."

"이모가 그러는데, 할머니의 아버지가 한국인이래. 세계 2차 대전이 막바지에 이르렀을 때, 일본이 돈을 벌게 해 준다면서 이곳으로 조선인들을 끌고 왔대. 그때 티니언 섬이 일본 것이었거든. 할머니의 아버지도 고국을 떠나 이곳에 오셨대. 끌려온 조선인들은 활주로를 만드는 일에 동원되는 등 강제 노동에 시달리고, 전쟁에도 이용되었대. 그뿐만이 아니야. 일본은 패망하자 살아남은 사람을 자살 절벽이란 곳에서 떨어져 죽게 했다는 거야. 목숨을 구한 사람들은 오랫동안 땅굴 속에서 살았다고 하더라. 현지인이 아니어서, 고립되었다고 봐야지. 그래서 티니언 섬엔 한국 혈통을 가진 사람이 많단다."

"그러면 바다도 그분들의 후손인가?"
"바다?"
"어떤 아이를 만났는데, 이름이 바다야. 나도 잘 몰라. 나중에 알아보고 말해 줄게. 이제 자자."
하마터면 우리의 비밀을 들킬 뻔했다.

얼른 얼버무리고 돌아누웠다. 바다에 대한 궁금증이 조금씩 풀리는 것
같았다.

"별아, 아리랑 한 번 더 불러 볼래?"

"엄마는, 정말!"

엄마가 덮고 있던 홑이불 자락을 당겨서 뒤집어썼다.

4. 행운의 거북이와 바다

"자, 오늘은 행운을 가져다준다는 거북이를 보러 가자."

삼촌이 신나는 얼굴로 말했다.

"야호!"

빵과 우유로 아침을 먹고 모두 트럭에 올랐다. 이젠 트럭 타고 다니는 게 익숙해졌다. 재미있다. 자전거와 트럭, 깨끗하고 평화로운 바닷가, 늘 같은 날씨. 이곳에서 오래오래 살고 싶어진다.

트럭이 커다란 바위들이 보이는 바닷가에 도착했다. 높은 바위 위에서 다이빙하는 사람도 있었다.

천년도 더 살고 있다는 흰 거북이를 보기 위해 많은 사람이 모여들었다. 행운을 가져다준다는 말을 정말로 믿고 있는지는 모른다. 우리도 흰 거북이를 보려고 넓적한 바위에 올라가서 물속을 들여다보았다.
허탕을 칠지 모른다.

그때였다. 나보다 몸집이 큰 거북이가 유유히 헤엄치며 나타났다.
마치 '나 여기 있어요' 하는 것 같았다. 사람들이 '와!' 하고 환호성을 질
렀다.

거북이가 물 위로 머리를 살짝 내밀 때, 깜짝 놀랐다. 그 아이를 닮았다. 갈색 무늬가 있는 흰 거북이는 곧 물속으로 유유히 사라져 버렸다. 말이라도 걸어 볼 걸, 아쉬웠다.

삼촌은 거북이를 본 것만으로도 행운이라고 했다. 그러고는 다음 코스로 이동한다면서 지휘자처럼 손짓했다.

내내 그 아이를 생각했다. 왜 그런 곳에서 살고 있을까? 친구는 있을까? 학교는 다닐까?

다음 날은 집에서 모두 쉬기로 했다. 나는 일찍 일어나서 자전거를 정성껏 닦았다. 오늘은 그 아이를 만나서 자전거를 태워 줘야지. 먹을 것도 조금 바구니에 담았다. 자전거 타기엔 너무나 좋은 날씨다.

전에 보아둔 코코넛 나무 아래 자전거를 세워놓고 그 아이의 땅굴 집이 있는 곳으로 향했다. 문 앞에 도착해서 쿵쿵쿵 세 번 두드렸다. 조용했다. 또다시 쿵쿵쿵 세 번.

"암호?"

"아리랑!"

그 아이가 땅굴 문을 열었다. 어서 들어오라며 이를 하얗게 보이며 웃었다.

"자전거 태워 줄게. 어서 나와."

아이가 폴짝 뛰어서 밖으로 나왔다. 우리는 자전거가 있는 데까지 손을 잡고 뛰었다.

야호! 나는 아이를 뒤에 태우고 달렸다. 그런데 너무나 가벼워서 무게가 느껴지지 않았다. 나는 시원한 바람을 가르며 달렸다.

"바다야, 자전거 처음 타 보는 거야?"

"응."

"잠깐 쉬었다 가자."

우리는 야자수가 많은 곳에 앉아서 과일과 빵을 나누어 먹었다. 아이는 내가 이야기할 때마다 눈을 반짝이며 웃음 지었다. 아이가 자꾸 좋아졌다.

'푸른 하늘 은하수' 노래에 맞추어 손바닥 치는 것을 가르쳐 주었다. 몇 번 반복하자, 금방 따라 했다. 이제는 웃을 때, 깔깔깔 소리를 내기도 했다. 야윈 얼굴에 커다란 눈, 조용하고 착해 보이는 얼굴. 내가 말하면 웃어 주는 아이. 행운의 거북이를 만나서인지 바다와 재미있는 시간을 보냈다.

어느새 나무 그림자가 기울어졌다.

"바다야. 이제 가야겠다."

아쉽지만 바다를 숲 앞에 내려주고 이모 집으로 달렸다.

5. 태풍

시간은 참 빨리 지나갔다. 이틀 후면 우리는 여행을 마치고 집으로 돌아간다. 바다와 또 만나자고 약속했지만, 자전거 태워 준 후로는 만나지 못했다.

나를 기다리고 있을까? 약속을 안 지켰다고 화가 나지 않았을까? 바다를 만나고 싶다.

어른들 허락 없이 돌아다녔다는 이유로 꼼짝없이 댕댕이처럼 엄마와 언니들과 줄곧 같이 다녀야 했다. 이곳을 떠나기 전에 바다와 작별 인사라도 해야 할 텐데…. 기회를 엿보았다. 오후가 되자, 삼촌이 낮잠을 한숨 자고 나서 시장을 한 바퀴 돌아보자고 했다.

잠시 책을 읽다가 슬그머니 일어나서 바다에게 줄 선물을 준비했다.

읽던 동화책과 내 반바지 하나, 티셔츠 두 벌을 챙겼다.

스케치북을 한 장 뜯어서 태극기를 정성껏 그리고, 그 아래 '대한민국·Korea'라고 썼다. 내 이름과 휴대전화 번호도 적은 다음 책갈피에 ~~끼웠다. 너는 너무~~ 쇼핑백에 차곡차곡 넣었다.

쇼핑백을 어깨에 메고 자전거를 살살 끌며 밖으로 나왔다. 늦게 왔다고 토라져서 문을 안 열어 주면 어쩌지? 제발 나를 기다리면 좋겠다.

그때 누가 내 등을 끌어당겼다. 돌아보니, 아빠다.

"너, 생쥐처럼 살금살금 어디 가는 거야?"

"바닷가에 갔다 올게. 금방 올 거야."

"같이 가자. 전에도 너 혼자 보냈다고 엄마한테 나만 혼났잖아, 기다려! 모자 쓰고 나올게."

아빠가 모자를 가지러 간 사이, 뒤도 돌아보지 않고 내달렸다. 나는 자전거를 숲 가까이에 대어 놓고 쇼핑백을 들고 뛰었다.

선물만 전해 주고 얼른 올 거다. 휴대전화 번호를 적어 두어서 나중에 통화할 수 있을 테니.

쿵쿵쿵, 땅굴 문을 세 번 두드렸다. 기척이 없다.

또다시 쿵쿵쿵 두드렸다. 그러고는 귀를 땅굴 문에 대고 무슨 소리가 들리지 않나 집중했다.

"암호?"

"어, 아리랑!"

큰 소리로 대답하고 얼른 일어나서 멀찍이 섰다. 땅굴 문이 열렸다.
며칠 못 본 사이에 바다 얼굴이 더 창백해진 듯했다. 히죽이 웃으며 반가워했다. 바다를 따라 좁은 흙 계단을 내려갔다. 아무도 없는지 조용했다.

"혼자야?"

"아니, 찌기 멀기."

아무도 보이지 않는 걸 보니, 낮에는 땅굴 깊은 곳에서 자나 보다. 그럼, 밤에 나가서 고기도 잡고 먹을 것을 구해오는 건가? 궁금했지만, 더 이상 묻지 않았다. 가져간 쇼핑백을 열어서 선물을 꺼냈다. 바다는 너무 좋아서 입을 다물지 못했다.

"땡큐, 땡큐!"

"바다 주고 싶었어. 나, 내일 집에 가. 한국 간다고. 우리 이제 못 만나."

바다는 힘없이 머리를 양옆으로 흔들었다.

"가지 마!"

"내년에 올 수 있으면, 또 올게. 그때 만나면 되지. 내 휴대전화 번호 적어서 책갈피에 넣었어. 전화할 수 있으면 해. 그리고 궁금한 게 있는데, 물어봐도 돼?"

바다는 대답 대신 고개만 끄덕거렸다.

"이 땅굴에서 너희 가족만 살아?"

"응, 아주 오래전엔 할아버지도 살았대. 사탕수수밭에서 강제노동했대. 전쟁했대…. 일본 사람이 많은 조선 사람 바다로 뛰어내려 죽게 했는데, 할아버지와 몇 사람이 깊은 땅굴 속에 숨었대. 그때부터 숨어 살았대. 일본군 무서워 밖에 못 나가. 엄마가 한글 배워줬어."

"일본군한테 들키면 죽을까 봐, 아직도 숨어 사는 거야?"

"응, 아빠는 아직 전쟁이 끝나지 않았다고 해. 밖으로 나가면 일본군이 언제 나타날지 모른다고 말했어. 하지만 나는 몰래 밖에 나가. 사람들이 물놀이하는 거 구경해."

땅굴 속에서 가족이 오래도록 살았다는 것이 믿어지지 않았다. 바다가 너무 불쌍했다. 나는 손을 가만히 잡아 주었다.

모두가 일본 때문이다. 항복했으면 손들고 곱게 갈 것이지, 왜 죄 없는 사람들을 바다로 밀어 넣어. 나쁜 것들. 화가 났다.

전쟁이 무엇인지도 모르고 그저 숨어 사는 아이, 어른들의 과거 속에 묻혀 있는 아이. 바다를 구해 주고 싶다.

"별아, 이거 받아. 아빠가 내 목에 걸어 주었던 거야. 주고 싶어."

바다가 문자가 쓰인 목걸이를 내밀었다. 예전에 외삼촌이 군인일 때 목에 걸고 있던 것과 똑같았다. 아마 바다 아빠가 군인일 때 걸었던 목걸이 같았다.

"바다야, 고마워. 잊지 않을게. 꼭 너를 다시 만나려 올 거야. 기다려. 약속해."

바다와 새끼손가락을 걸었다. 그러고는 땅굴 문을 열고 밖으로 나왔다. 자전거를 끌고 가면서 자꾸 뒤를 돌아봤다. 땅굴 문이 닫힌 곳에 다시 풀이 무성했다.

갑자기 하늘이 검어지더니 소나기가 쏟아졌다. 바람도 강하게 불어 헐렁하게 입은 티셔츠가 날아갈 것처럼 펄럭거렸다. 나는 자전거 페달을 힘껏 밟았다.

"별아, 어디 갔다 오는 거니? 혼자 돌아다니는 데 재미 들였나 봐. 여기가 우리나라 어느 시골 같다고 생각하니? 위험하단 말이야. 겁도 없이."

"엄마, 미안. 내일 떠나니까 서운해서 한 바퀴 돌고 왔지."

엄마에게 바다 이야기를 할까? 아니다.

자전거가 비 맞지 않게 집 안쪽으로 세우며 슬며시 웃었다. 잠시 뒤, 삼촌도 들어 왔다.

"오늘 밤에 태풍이 온다고 해서 모두 철수했어. 내일 경비행기 뜨지 못해. 기상이 좋아질 때까지 못 나가게 됐네."

"뭐라고? 날씨가 좋아질 때까지 이 섬에서 꼼짝 못 한다고?"

엄마가 눈을 동그랗게 뜨고 나를 쳐다봤다. 나는 씩 웃었다. 여기에 더 있을 수 있다니!

하지만 태풍이 불면 피해를 볼 수 있다는 불안감도 들었다. 섬이라서 무슨 일이 일어날지 모르니까.

"그럼. 엄마 아빠 회사는 어떻게 해?"

"어서 문자를 보내야지. 일부러 약속을 어기는 게 아니고, 태풍으로 인한 비행기 결항이니 어쩌겠어. 회사에서도 충분히 이해할 거야, 빨리 태풍이 지나가야 하는데…."

밖에서 사나운 바람 소리가 들리기 시작했다. 삼촌이랑 아빠는 집 안팎을 들락거리며 바쁘게 움직였다. 나는 짐을 밀어놓고 언니들이랑 카드 게임을 하면서 놀았다. 모두 불안한 밤을 보냈다. 아침에도 비는 여전히 휙휙 바람처럼 내렸다. 경비행기는 다음 날도 뜨지 못했다.

6. 바다는 어떻게 된 거야?

태풍이 지나고, 다시 평화가 찾아왔다. 한층 높아진 하늘이 푸르다. 옷깃을 휘날리는 바람은 깨끗해서 상쾌하다.

아빠는 삼촌이랑 여권에 대해 알아본다며 트럭을 타고 나갔고, 이모랑 엄마는 어디를 갔는지 보이지 않았다.

바다는 괜찮을까? 걱정이 됐다. 잠깐이라도 보고 와야겠다고 생각했다. 나는 언니들에게 자전거를 잠깐 타고 싶다고 말하고 밖으로 나왔다. 길에 나뭇가지와 풀 쓰레기가 어수선하게 흩어져 있었다. 쓰러진 야자수도 있었다.

바닷가에 자전거를 세워두고 숲으로 갔다. 나무와 풀이 엉키고 뽑히고 엉망이었다. 어디가 어딘지 도무지 알 수가 없었다. 분명히 큰 나무

가 있었고. 그 옆에 땅굴 문이 있었는데, 아무것도 찾을 수가 없었다. 그때였다.

"별아! 너, 왜 여기에 있어?"

깜짝 놀랐다. 삼촌이 내 어깨를 잡았다.

"어, 삼촌! 여기서 뭐 해요?"

"태풍 피해가 없나 둘러보고 있었지. 자전거가 보여서 혹시나 하고 와 봤더니, 네가 있네. 왜 여기에 있어? 혼자야?"

그동안 어른들을 속인 것 같아 가슴이 두근거렸다.

"아니. 그냥 와 봤어요. 전에 물놀이하던 데서 가까운 곳이라…."

쭈뼛거리는 나를 삼촌이 의심스러운 눈으로 쳐다봤다.

"집에 가서 말씀드릴게요."

삼촌은 더 이상 묻지 않고, 자전거를 트럭에 실었다. 나는 삼촌 옆 조수석에 앉았다.

"별아, 여기는 은근히 무서운 곳이다. 혼자 다니면 안 돼. 말도 안 통하는 원주민을 만났다고 생각해 봐."

삼촌이 엄한 목소리로 말했다. 괜한 오해를 받지 않으려면 솔직히 말하는 게 좋을 것 같았다.

한편으로는 내가 언제 다시 올지도 모르니, 삼촌이 바다를 도와주면 좋겠다는 마음도 들었다.

"삼촌, 사실은 숲에서 내 또래 남자아이가 살고 있어. 땅굴 속에서 살아."

"뭐라고? 땅굴 속에 사람이 산다고? 너, 그 말이 사실이야?"

삼촌이 트럭을 길가에 세웠다. 나는 지금까지 있었던 일을 모두 솔직하게 말했다. 그러고는 그 아이를 삼촌이 도와주면 좋겠다고 했다. 삼촌은 한참 동안 나를 바라보다가 말했다.

"말도 안 되는 소리지만, 다시 한번 가 보자."

이모는 삼촌이 티니언 사람들과 친하다고 말했었다. 그리고 그들이 도움을 청하면 거절하지 않는다고 했다. 그렇다, 삼촌은 좋은 분이다. 솔직히 우리가 친척도 아닌데, 한 주 넘도록 편하게 지낼 수 있게 도와주었다. 그러니 친척이나 다름없지.

"이쯤인 것 같은데…. 문 옆에 있던 나무가 사라져서 도무지 모르겠어."

"바람에 모두 날아가고 부러지고 했으니…."

그때, 삐죽이 드러난 검은 돌이 보였다. 땅굴 문 옆에 박혀 있던 돌 같았다.

"삼촌, 여기인 것 같아!"

"그래?"

삼촌이 풀을 치우고 모래를 걷어냈다. 나도 옆에서 도왔다. 드디어

땅굴 문이 모습을 드러냈다.

"세상에! 이런 곳에 문이 있다니!"

삼촌이 놀란 얼굴로 중얼거렸다. 나는 흙을 쓸어내고 문을 쿵쿵쿵 세 번 두드렸다. 아무 기척이 없다.

다시 또 두드렸다. 여전히 아무 소리도 들리지 않는다. 귀를 문에 대도 마찬가지였다. 삼촌이 말했다.

"그냥 열어 보면 어때?"

하지만 남의 집인데 맘대로 열 수는 없었다. 한 시간째 기다렸지만, 땅굴 문은 열리지 않았다. 여기가 확실한지도 모르겠다는 생각이 들었다.

삼촌은 이곳을 잘 아는 보안 아저씨와 다시 오자고 했다. 나는 바다와 비밀로 하기로 약속한 것이 깨지는 것 같아 대답이 쉽게 나오지 않았다. 하지만 태풍으로 혹시 잘못된 건 아닌지 걱정되어, 그렇게 하자고 했다.

"형님, 내일 경비행기를 탈 수 있다고 연락이 왔는데, 사이판 공항은 어떤지 모르겠어요. 관광 온 사람이 한꺼번에 몰리면….."

이모 집에 들어서자, 아빠가 삼촌에게 말했다.

"마침 보안 친구를 만나러 가는 길인데, 알아볼게. 별아랑 같이 갔다 와도 되겠지?"

"별아도 가요? 그럼, 저도 데리고 가세요."

아빠가 쫓아오자, 삼촌이 나를 힐끔 쳐다봤다. '별아 생각은?' 하고 묻는 것 같았다.

"아빠, 내가 삼촌한테 뭘 알아봐 달라고 했거든. 금방 갔다 올게."

하지만 아빠는 부득부득 따라나섰다. 할 수 없이 셋이 보안 아저씨를 만나러 갔다. 가는 길에 삼촌이 말을 꺼냈다.

"별아가 여기 와서 어떤 아이를 만났는데, 땅굴 속에서 산다고 자꾸 그러네. 처음 듣는 이야기라 믿어지지 않지만, 별아가 만났다니 확인해 보려고."

아빠가 나를 쳐다보았다.

"그 애랑 비밀로 하자고 약속했는데…. 정말이야, 얼굴이 하얗고 몸은 말랐어. 우리 둘만의 암호도 만들었단 말이야"

"뭐, 암호? 그거 언제 적 놀이니? 암호가 다 뭐야, 유치하게."

아빠는 웃으며 놀렸다.

삼촌이 보안 아저씨 집 앞에서 트럭을 세웠다. 보안 아저씨가 밖으로 나오자, 삼촌은 차에서 내려 함께 한참 동안 이야기를 나누었다. 두 사람이 하는 말을 나는 전혀 알아들을 수 없었다.

보안 아저씨는 이곳 원주민 여자와 결혼했는데, 조선 사람의 2세라고 했다. 보안 아저씨와 삼촌이 함께 트럭에 올라탔다.

우리는 길가에 차를 세워두고 숲으로 들어갔다. 또다시 쿵쿵쿵 문을 두드렸다.

"쿵쿵쿵! 아리랑, 아리랑, 문 좀 열어 줘. 바다야!"

아무리 불러도 대답이 없었다. 도무지 무슨 일인지 감이 오지 않았다.

보안 아저씨와 삼촌이 땅굴 문을 잡아당겼다. 꿈쩍도 하지 않았다. 아빠도 나서서 힘껏 당겼지만, 소용없었다. 바다가 한 손으로 들어 올렸던 문이 이렇게 안 열리다니, 아무래도 잘못 찾아온 것 같기도 했다.

보안 아저씨가 차에서 긴 쇠 파이프를 가져와서 틈 사이로 밀어 넣었다. 삼촌과 아저씨가 쇠 파이프의 한쪽을 함께 잡고 힘을 주었다. 틈이 조금씩 벌어지더니, 마침내 문이 열렸다.

"내가 먼저 들어갈게요."

보안 아저씨가 플래시를 켜 들고 계단에 발을 내디뎠다.

"바다야!"

보안 아저씨 뒤를 따라 내려가며 바다를 큰 소리로 불렀지만, 여전히 기척이 없었다. 아무도 살지 않는 듯 온통 거미줄이 쳐져 있고 바닥은 푸석한 흙먼지로 가득했다. 보안 아저씨가 플래시를 사방으로 비췄다.

"별아, 여기 맞아? 사람이 있던 흔적이 없는데?"

"좀 더 가 봐요."

보안 아저씨가 내 말을 듣고 앞으로 걸어갔다. 그러자 몇 개의 굴이

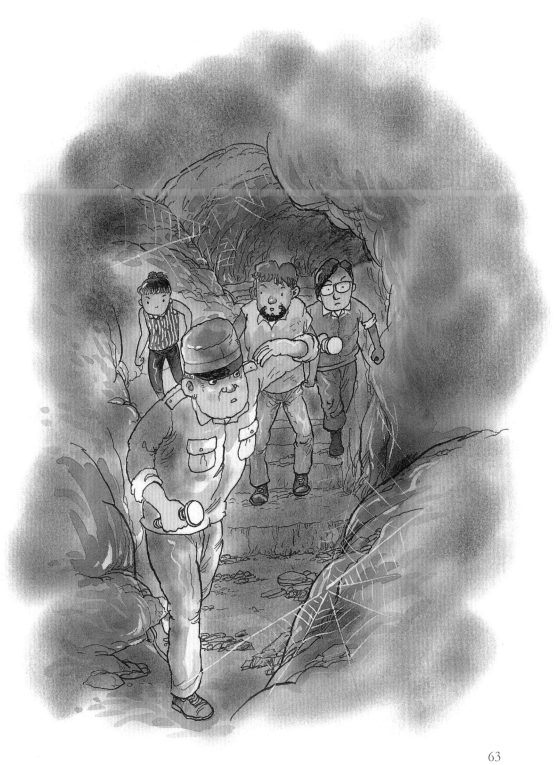

나타났다. 바다의 집이 맞는 것 같았다. 그런데 바다는 어디에 있는 것일까? 집이 며칠 사이에 거미줄과 푸석한 먼지로 가득 찰 수 있을까?

바다의 흔적을 찾으려고 두리번거렸다. 그때 아빠가 내 손목을 꽉 잡았다.

"별아, 이거 네 책 아니야? 이게 왜 여기에 있는 거야?"

분명 내가 바다에게 선물한 책이었다.

"내가 바다에게 준 건데….."

몇 번을 두리번거렸지만, 다른 선물은 보이지 않았다. 나는 머릿속이 복잡했다.

모두가 나를 이상한 눈으로 쳐다보았다. 나는 어떻게 설명해야 할지 몰라서 마음이 답답했다.

뭐가 잘못된 걸까? 바다가 유령이란 말인가? 아니, 그럴 리 없다. 엉뚱한 곳으로 찾아온 것 같다. 그런데 내 책이 왜 여기에 있지?

"여기 어디쯤 같은데…. 다시 오겠다며, 바다랑 약속했거든요. 새끼 손가락까지 걸었다고요."

보안 아저씨가 뭐라고 중얼거렸는데, 알아들을 수가 없었다.

삼촌이 고개를 갸우뚱하더니 책을 가지고 나갈 거냐고 물었다. 나는 고개를 좌우로 저었다. 바다가 이곳 어딘가에서 살고 있을 거로 생각했다.

우리는 안쪽으로 좀 더 들어가 보았다. 그러자 상자 같은 것이 보였다. 먼지가 가득 쌓여 있었다. 보안 아저씨가 손전등을 비추고 먼지를 털어냈다.

"삼촌, 열어 봐."

내 말에 삼촌이 고개를 저었다.

"이런 것 함부로 만지면 안 돼. 뭐가 들어 있는지 모르거든."

보안 아저씨와 삼촌이 뭐라고 이야기를 나누었다. 아빠와 나는 손을 잡고 먼저 밖으로 나왔다. 뒤따라서 보안 아저씨와 삼촌도 나왔다. 보안 아저씨는 상자를 안고 있었다. 삼촌이 나를 보며 말했다.

"별아. 보안 아저씨가 그러는데, 여기서는 사람이 살 수 없대. 이 동네에서 오래 살았는데, 이런 동굴이 있다는 소문도 없었대."

나는 아무 대답도 하지 않았지만, 가슴은 왠지 쿵쿵 뛰었다. 절대 꿈이 아니야. 바다와 우리는 다른 삶을 살고 있었던 거야. 바다는 분명히 어딘가에 살고 있어. 다시 이곳에 오면, 바다가 나를 찾아올 거야.

땅굴 문을 쿵쿵쿵 세 번 두드리면, 바다는 '암호?' 하며 물을 거야. 나는 '아리랑!' 하고 대답할 테고. 그러면 땅굴 문이 열리겠지.

보안 아저씨가 땅굴 문을 다시 잘 닫았다. 다시 와 봐야 할지도 모른다며, 표시로 태풍에 뽑힌 키 작은 야자수를 가져다 심었다.

어른들이 벌써 트럭에 올라 어서 오라고 손짓했지만, 나는 한참 동안 서성거렸다. 어디선가 바다가 보고 있을 것 같았다.

7. 바다를 다시 만나고 싶다

출국하는 날. 아침 일찍부터 정신이 없었다. 엄마와 이모는 서로 물건을 주고받으며 깔깔댔다. 언니들은 내게 조개껍질로 만든 연필꽂이와 코끼리 모양 장식품을 선물로 주었다.

정말 떠나기 싫었다. 푸른 바다와 물고기, 신선한 바람, 그리고 천사처럼 사랑스러운 그 아이.

경비행기에 오르니, 티니언 섬이 금세 멀어져 갔다. 그 아이를 만나지 못한 채 티니언 섬을 떠난다.

사이판을 거쳐 인천공항에 도착하니, 깜깜한 밤이었다. 공항에서 간단하게 저녁 식사를 하고 집에 돌아와서 정신없이 잠에 빠졌다. 학교 가기 전날까지 다음 날도 그다음 날도, 하는 일 없이 먹고 잠만 잤다.

아빠가 휴대전화 받는 소리가 들렸다.

"형님! 안녕하세요. 웬일이세요? '다큐 인사이드'를 보라고요? 네, 알
겠습니다. 형수님이랑 애들 다 잘 있죠?"

삼촌 전화가 틀림없었다. 나는 얼른 거실로 나왔다. 아빠가 휴대전
화를 끄며 나에게 말했다.

"티니언 삼촌이 너랑 같이 역사 탐색 다큐 인사이드를 보라는데?"

아빠가 텔레비전을 켜고 채널을 돌렸다. 티니언 섬 영상이 나왔다.
가슴이 두근거렸다. 우리 가족이 저녁노을을 등지고 야자수 아래서 멋
지게 사진 찍었던 바닷가도 화면에 가득 나왔다. 나는 혹시 아는 사람
이 나오나 하고 눈을 크게 떴다.

"내가 저기에 있었다고!"

그곳에의 기억이 생생하게 살아났다. 이모의 집이 영상 속에서 슬쩍
지나갔다.

"이모네 집이다!"

손뼉을 쳤다. 아는 사람이 나오지는 않았지만, 모두 만나 본 것처럼
반가웠다.

티니언 사람들의 삶이 펼쳐졌다. 잠깐 머물며 경험한 것은 작은 조
각일 뿐이었다. 그때 영상에 보안 아저씨가 나왔다. 나는 깜짝 놀라 화
면에 눈을 고정했다. 보안 아저씨가 낡은 그림첩을 펼치며 말했다. 아

저씨가 하는 말이 자막으로 떴다.

"얼마 전에 이곳에 관광 온 가족이 있습니다. 아이가 바닷가 근처 숲 속에 감춰 있던 땅굴을 발견하고 우리에게 알렸습니다. 땅굴에 갔다가 그림첩을 발견하게 되었습니다. 역사과학 연구소는 그림첩 속의 사진이 약 80~100년 전의 것으로 추정했습니다. 연구소에서 특수 처리한 선명한 사진을 보여드리겠습니다."

사진이 텔레비전 화면에 선명하게 나왔다. 나는 화들짝 놀라며 외쳤다.

"아빠! 바다가 보여줬던 사진이야!"

웃고 있는 한 남자 뒤로 수수밭이 펼쳐져 있었다.

또 다른 사진이 영상에 나타났다. 윗옷을 벗은 채 수건을 머리에 질끈 동여맨 여러 명의 남자와 아기를 안은 아주머니가 표정 없는 얼굴로 서 있었다. 그리고 아주머니 옆에는 예닐곱

살 되어 보이는 아이가 얌전히 앞을 응시하며 서 있었다.

가족인 것 같기도 하고 동네 사람이 모여서 찍은 것 같기도 했다. 앗! 그때 나도 모르게 또 외쳤다.

"아빠! 아주머니 옆에 서 있는 아이, 바다 같아! 바다가 맞아!"

"뭐라고? 저 사진은 80~100년 된 사진이라잖아?"

그때 보안 아저씨가 말했다.

"가족은 일본에 의해 강제로 티니언 섬에 끌려온 한국인과 그 후손입니다."

화면엔 또 다른 영상이 펼쳐졌다. 한국 혈통을 가진 사람이 여러 명 모여 있었다. 그런데 이모 집에서 파티할 때, 아리랑을 따라 불렀던 할머니가 나와서 인터뷰했다. 할머니는 아버지가 불러 주던 노래라며 아리랑도 구슬프게 불렀다. 아버지 고향인 한국에 가 보고 싶다는 할머니의 말이 자막으로 떴다.

마지막으로 역사과학 연구원이 나와 그림첩이 있었던 땅굴에서 사람의 유골이 여러 구 발견됐고, 그중엔 아이의 것도 있다고 했다. 그는 발견되지 않은 땅굴이 더 있을지 모른다며, 계속해서 역사적 흔적을 찾을 것이라고 덧붙였다.

다큐가 끝나자, 나는 내 방으로 들어가 책상 서랍에서 바다가 주었던 작은 상자를 꺼냈다. 나는 뚜껑을 열고 목걸이를 꺼냈다.

나는 목걸이를 걸고 밖으로 나왔다. 머릿속은 온통 티니언 섬과 그 아이 생각뿐이었다.

'티니언 섬에 다시 가면 바다를 찾아보아야지. 분명 땅굴 속에 숨어서 나를 기다리고 있을 거야. 땅굴 문을 열고 나올 때까지 기다릴 거야.'

놀이터 긴 의자에 벌렁 드러누웠다. 흰 구름이 어디론가 떠가고 있다. 마치 바다가 물속을 헤엄쳐가는 것처럼 보였다. 나는 큰 소리로 말했다.

"바다야, 기억하고 있지? 또 만날 거야. 암호? 아리랑! 잊지 마."

코끝이 찡했다.

티니언 섬의 잊힌 이야기

티니언은 미국 자치령인 북 마리아나 제도에 속하는 섬으로, 사이판 섬에서 남쪽으로 5㎞, 괌 섬에서 북쪽으로 160㎞ 떨어진 곳에 있다.

원주민 차모로인은 자급자족하며 생활하였으나, 스페인이 북마리아나 제도를 점령하면서 티니언 섬은 무인도로 전락했다. 스페인은 미국과의 전쟁에서 패배하자, 티니언 섬의 통치권을 독일로 넘겼다. 그러나 독일이 제1차 세계 대전에서 패배하므로, 통치권은 다시 일본으로 넘어갔다. 이 시기에 일본인 100명과 사이판 및 로타 섬 주민 300명이 티니언 섬으로 이주했다. 일본이 북마리아나 제도의 섬들을 건설하기 시작한 것이다.

중일전쟁이 확대되던 1937년부터 노동력이 크게 부족해지자, 일본은 조선인들을 강제로 데려가기 시작했다. 태평양전쟁 시기에는 수만 명이 태평양 각지의 비행장 건설에 동원되었다. 티니언 섬은 전쟁의 소용돌이에 휩쓸려 지옥 같은 곳이 되었다.

제2차 세계 전쟁에서 일본이 패망하자, 조선인들은 속속 귀국을 서둘렀다. 그러나 이미 많은 사람이 죽었고, 중일전쟁 이전에 사탕수수밭으로 돈을 벌기 위해 갔던 조선인 얼마간은 현지인과 결혼하여 그곳에 남았다. 티니언에 한국인 혈통을 가진 사람이 많이 사는 것은 그런 이유 때문이다. 이 책에서는 약 80~100년 전 여러 가지 이유로 티니언 섬으로 이주했던 한국 사람들의 이야기가 가슴 아프게 펼쳐진다.

별아는 엄마 친구인 이모가 사는 티니언 섬으로 가족여행을 떠났다. 별아는 수경을 바닷가에 놓고 와서 찾으러 갔다가 예닐곱 살 되어 보이는 남자아이를 만난다. 아이는 숲속 땅굴 속에서 살고 있었는데, 별아에게 오래된 흑백사진 몇 장을 보여주었다. 수수밭에서 웃고 있는 남자 사진과 여러 사람이 함께 찍은 사진인데, 너무 오래되어 누렇게 변해 있었다. 아이는 왜 그런 곳에서 사는 것일까? 그리고 오래된 사진 속의 사람들은 누구일까?

엄마는 세계 2차 대전이 막바지에 이르렀을 때, 일본이 돈을 벌게 해

준다면서 조선인들을 티니언 섬으로 끌고 왔다고 이야기해 주었다. 그들은 활주로를 만드는 일에 동원되는 등 강제 노동에 시달렸는데, 일본은 패망하자 살아남은 사람들을 자살 절벽이란 곳에서 떨어져 죽게 했다는 것이다. 목숨을 구한 사람들은 오랫동안 땅굴 속에서 살았다고 하는데, 아이의 가족이 그 이야기와 관계있는 것일까? 그렇다면 아이는 티니언이 지금은 미국령인데, 왜 아직도 그곳에서 사는 것일까?

일제강점기에 티니언 섬에 강제 동원되었다가 살아 돌아온 조선인들은 이후 한국의 남북 분단과 전쟁을 또다시 겪어야 했다. 해방 후 수십 년 동안 섬에서 죽어간 조선인의 유골은 방치되었다. 아무런 기록도 남기지 못한 채, 영영 돌아오지 못한 사람들…. 해방 후 70년이 넘도록 그들의 이야기는 한국 역사에 기록되지 않았다.

작가는 역사에서 잊혀가는 티니언의 조선인들을 어린이들 앞으로 불러내고 있다. 역사를 잊은 민족에게 미래는 없다. 지금 우리의 모습은 과거, 즉 역사를 통해 만들어졌기 때문이다. 어린이들이 티니언 여행을 한번 계획해 보는 것도 좋겠다. 티니언 섬에는 무기 저장고와 동굴 포대, 군 막사와 발전소, 활주로 등 전쟁 당시 파괴된 일본 군사 시설이 정글 곳곳에 폐허가 된 채 남아 있다. 그곳에 가면 생생한 역사의 현장을 직접 만날 수 있다.

그때 여러분도 한번 땅굴 문을 찾아보라. 땅굴 문을 세 번 두드리면 아이가 '암호?' 하고 말할지 모른다. 그러면 얼른 '아리랑!' 하고 외쳐 보라.

김숙분(아동문학가, 문학박사)